LOUIS GRIVEAU

ENCORE
DES RIMES

I. — Satires, Boutades, etc.

LES SALONS D'AUJOURD'HUI — LE FLOT HUMAIN
LE BLEU DANS LES ARTS
LA FIN DU DEMI-MONDE — A Mlle X

II. — Mélanges

III. — Vieille Histoire

IV. — Épilogue

PARIS

GARNIER FRÈRES, LIBRAIRES-ÉDITEURS

6, RUE DES SAINTS-PÈRES, ET PALAIS-ROYAL, 213

1856

PARIS. — IMP. SIMON RAÇON ET C', RUE D'ERFURTH, 1.

ENCORE

DES RIMES

PARIS. — IMP. SIMON RAÇON, ET COMP., RUE D'ERFURTH, 1.

ENCORE

DES RIMES

PAR

LOUIS GRIVEAU

PARIS

GARNIER FRÈRES, LIBRAIRES-ÉDITEURS

RUE DES SAINTS-PÈRES, 6, ET PALAIS-ROYAL, 213.

1856

SATIRES, BOUTADES, ETC.

LES SALONS D'AUJOURD'HUI

DÉDICACE

Si vous vivez encore, aimable Célimène,
Où que soit le désert dont vous ayez fait choix,
Dans vos rêves, du moins, la comédie humaine
Avec tous ses grelots doit passer quelquefois.

Alors, de ces salons dont vous fûtes la reine,
Et qu'on pouvait aimer quand ils suivaient vos lois,
Peut-être à votre esprit le souvenir amène
Quelque lointain écho du vieil esprit gaulois.

Alors vous regrettez ce théâtre du monde,
Ses masques, son clinquant, sa bruyante faconde,
Ses changements à vue et ses petits secrets.

Eh bien, à vous ces vers où ma muse proteste,
Et qui voudraient avoir l'éloquence d'Alceste
Pour pouvoir triompher de vos derniers regrets.

———

Je me sens aujourd'hui d'une terrible humeur.
Or le ciel a voulu que je sois né rimeur!
Pauvre métier! c'est vrai, mais assez bon s'il m'aide
A trouver à mon mal un sûr et prompt remède.
Que j'écarte en rimant le poids qui m'étouffait,
Et la rime est pour moi le suprême bienfait.
On se purge à présent par un certain citrate,
Mais la rime vaut mieux pour dégonfler la rate,
Et, puisque je ne puis contenir plus longtemps
De mon cerveau fâcheux les esprits mécontents,
Si la muse est propice et la rime docile,
Laissons couler enfin une importune bile.

Donc le siècle céans n'a qu'à se bien tenir,
Car, à mon tribunal si je le fais venir,
Il aura beau biaiser, s'entourer d'artifices,
Je saurai mettre à nu ses travers et ses vices ;
Je saurai retrouver l'homme sous le vernis,
On reverra des traits que le rouge a jaunis ;
Dans les plus petits coins introduisant la sonde,
J'en ferai ressortir l'âme même du monde,
Avec tout ce qu'elle a d'affligeant et de laid ;
Sous ses vieux oripeaux montrerai ce qu'elle est,
Et même, démasquant ses vertus de commande,
Dirai ce qu'elle vaut, encor qu'elle s'amende.

« Voyez l'homme indigné ! me vont dire les gens,
N'avions-nous pas sans lui bien assez de régents ?
Si pendant son sommeil une mouche le pique,
Nous faut-il avaler toute sa rhétorique,
Et, parce que sa Muse a les yeux chassieux,
Souffrir de ses discours le ton prétentieux ?
Nous voulons que la terre ait quelques turpitudes ;
Mais, avant d'en parler, achevez vos études !
Dans l'art de censurer vous vous croyez instruit
S'il vous vient pour la rime un mot qui fait du bruit !

Vous pensez qu'il suffit en ce rôle sévère
D'avoir un peu de fiel dont on ne sait que faire,
Et d'aligner sans art en longs alexandrins
Ce qu'on en a broyé dans ses rêves chagrins? »

— Arrêtez, mes amis, je sais ce qu'on s'attire
Quand on veut se mêler d'aborder la satire,
Et Despréaux lui-même eut au commencement,
A l'en croire du moins, quelque désagrément.
Pourtant, non plus que lui, je ne saurais me taire.
Jugez-en, je vous prie : hier, au ministère,
J'allai me présenter en toilette du soir :
Habit noir, gilet noir, pantalon de drap noir,
Des gants à vingt-neuf sous, une cravate blanche
(Car il faut, sur ce fond, quelque chose qui tranche);
Dans un costume, enfin, à mener décemment
Ou votre mariage, ou votre enterrement.
Après avoir fendu la foule qui s'empresse,
Aperçu le ministre et vu la ministresse,
Coudoyé, Dieu le sait, plus d'un noble Pasquin,
Sénateur aujourd'hui, demain républicain,
Simulé vingt saluts par-dessus vingt épaules,
Du monde officiel visité les deux pôles,

Refoulé par les uns, par les autres porté
Du premier péristyle aux tables d'écarté,
Soufflant, pestant, suant comme en un bain-marie,
Plus malheureux cent fois qu'un frère d'Icarie,
Et déjà tout rompu par vingt tours et retours,
Je rencontre Damon, car Damon vit toujours.
C'est toujours cet auteur dont la muse fertile
Se charge d'amuser et la cour et la ville.
Mais il a dépouillé la serge et le bureau,
Met du linge en tout temps, et, l'hiver, un manteau,
N'a plus ni le corps sec ni la mine affamée,
Et sait tirer parti de tant de renommée.
Moins Caton qu'autrefois et plus souple, il a pris
Le moyen des Jacquins pour bien vivre à Paris.
On le voit, oublieux de ses anciens scrupules,
Des puissances du jour hanter les vestibules.
Des faveurs mieux que lui personne n'a le flair :
Il sera sénateur, au besoin duc et pair.
Longtemps dupe lui-même, il fait plus d'une dupe;
L'art est le moindre soin dont il se préoccupe.
Oiseleur du public dont il fut le régent,
Il ne lui donne rien qu'à prix d'or ou d'argent.
A tant la ligne il dit tout ce qu'on veut qu'il dise,
Et fait de son esprit métier et marchandise.

Quand j'eus suffisamment de ses airs protecteurs
Subi les vanités et les sottes hauteurs,
Je crus, lorgnant de loin le dossier d'une chaise,
Pouvoir me reposer et respirer à l'aise;
Mais tout à coup la foule, en un brusque reflux,
Fit faire volte-face à mes membres perclus :
A ce nouveau courant il fallut tenir tête.
Hélas! j'allais encore être à bien autre fête.

O vous, provinciaux, qui, las d'être ignorés,
Parfois portez envie à nos salons dorés,
Écoutez, écoutez; autant et mieux que d'autres,
Je puis vous dire ici quels plaisirs sont les nôtres.
Sur des siéges loués chez Brossier ou Suptil,
Graves comme des lords convoqués pour un bill,
Prises dans leurs atours comme un saint dans sa châsse,
Et, qu'on soit jeune ou vieille, et qu'on soit maigre ou grasse,
Le cou nu, les bras nus, et la poitrine au vent,
Portant un peu sur soi de tout ce qui se vend,
Le haut riche en maillots, le bas en crinolines,
Les regards aiguisés comme des javelines
Dont le fer bien trempé n'a pas encor servi,
Se craignant, s'observant, se toisant à l'envi,

Prêtes à la défense, et prêtes à l'attaque,
Traitant de Turc à More ou de Turc à Cosaque
Tout corsage bien fait qui prétend s'imposer,
Tout front haut qui se croit le droit de tout oser,
Toute robe, surtout, de la même faiseuse,
Et plus ample, ou plus riche, ou plus ambitieuse;
Ne parlant guère enfin, sans médire d'autrui :
Telles, dans un salon, les femmes d'aujourd'hui.

Bien peu, dans ce portrait, voudront se reconnaître;
Plus courtois, il serait moins ressemblant peut-être.
Or je vous ai promis la simple vérité,
Toute nue; et d'ailleurs, voici l'autre côté.
Ah! c'est ici qu'on va crier au paradoxe!
Et pourtant, dans le fond, rien de plus orthodoxe.
Moi donc, je dis, j'affirme, et je prouve, au besoin,
Comme Dupin lui-même, et, sans aller si loin,
Comme Royer, Rouher ou Delangle ou Baroche,
Ou d'autres, moins huppés, mais de la même roche,
Je prouve, dis-je, affirme et jure sur l'honneur
Que ce monde, accusé d'être un empoisonneur
Pire que la Voisin et la Brinvilliers même,
A qui toute bonne âme apporte l'anathème,

1.

Dont ce nom abhorré sert de texte sans fin
A tout prédicateur, nouveau Génovéfain,
Qui l'avant-veille encor, maigre séminariste,
Ignorait ces dangers sur lesquels il insiste;
Que ce monde honni, ce monde redouté,
Où, dit-on, Satan seul en maître est écouté,
Ce monde, lieu commun de ces pieuses haines
Qui jettent sans pitié la pierre aux Madeleines,
Ce monde, enfin, partout vilipendé, battu,
Ce monde est la meilleure école de vertu.
Ne vous récriez point; c'est par expérience
Que je vous parle ainsi. D'abord, la patience,
C'est bien une vertu, n'est-ce pas? et je dis
Qu'elle est rare et nous vient une ou deux fois sur dix.
Que d'âmes en sont loin qui s'y croyaient versées,
Et là mieux qu'au couvent s'y seraient exercées,
Sans ce sot préjugé, dont on ne démord pas,
Que le monde est rempli de plaisirs et d'appâts!
S'ils savaient, pauvres gens! Ah! bon Dieu, quelle attrape!
Mais on doit s'ennuyer beaucoup moins à la Trappe,
Moins souffrir et partant moins faire son salut.
Le monde, croyez-moi, vaut bien votre institut,
Bons pères qui parlez de le réduire en poudre.
Vous aurez beau lancer contre lui votre foudre,

Il s'entend mieux que vous à l'éducation.
Aux moindres manquements il fait attention,
Ne passe jamais rien et ne pardonne guère,
Aux plus légers défauts fait une rude guerre ;
D'une pudeur outrée, il s'alarme d'un rien.
Il ne lui suffit pas qu'on soit homme de bien,
Il faut qu'à le paraître on prenne un soin extrême,
Ou, sinon, il s'attaque à l'apparence même.
Et puis, par le contraste, où ne peut-il mener ?
Quand on songe qu'ailleurs, chez soi, sans se gêner,
Avec quelques amis, des parents, un bon livre,
Les pieds sur ses chenets, on pouvait si bien vivre,
Méditer à son heure et se coucher après,
N'est-il pas bon d'avoir ainsi quelques regrets ?
Et ne trouvez-vous pas la leçon salutaire
Au moins autant qu'au fond du meilleur bréviaire ?
Allez donc dans le monde avec sécurité.
Que craignez-vous ? L'amour ? douce naïveté,
Ignorance profonde où le roman vous laisse,
Crédulité sublime, adorable simplesse !
Eh ! vous ne savez pas que tout conspire là
Contre ce petit dieu qu'Amour on appela,
Qu'on ne lui permet rien et qu'on le tient en bride,
Qu'il en dessèche et prend chaque jour quelque ride,

Et qu'un beau soir, si rien ne conjure le sort,

L'univers apprendra que ce vieillard est mort.

Je sais que Cupidon est un petit bonhomme

A savoir se glisser jusque dans une pomme :

L'exemple s'en est vu dans les temps primitifs.

Mais qu'il parle à présent à nos gens positifs !

Comme ils l'immoleront au dieu des convenances,

Au dieu du steeple-chase, au démon des finances !

Devant ces triumvirs tout se courbe et se tait.

Leurs armes sont le jeu, le spleen et le protêt,

La fortune au sein d'or est leur seule maîtresse,

Et la Bourse a pour eux des charmes de Lucrèce.

Contre le pauvre Amour ces odieux tyrans

Ont un triple rempart de cœurs indifférents.

Ils sont trois. Contre trois que voulez-vous qu'il fasse ?

Examinez le monde et comment tout s'y passe.

Je suppose un moment qu'on annonce à la fois

Deux sénateurs, un noble et cinq ou six bourgeois.

A peine s'est-on dit les formules d'usage,

Que dans cette fournée il se fait un triage,

Non pas entre les rangs, ils sont trop confondus :

Plus de caste aujourd'hui, mais des individus.

Usez-vous du tailleur ou de la couturière ?

Voilà ce qui surtout forme la barrière

On vous parque aussitôt comme on fait des brebis,
D'un côté les jupons, de l'autre les habits.
Ceux-là s'en vont orner le bois d'une banquette,
Ceux-ci, pour se caser, ont à se mettre en quête,
Vont, viennent, et souvent, pour se fixer un peu,
Sont obligés d'aller se ruiner au jeu,
Heureux, s'ils n'ont pas en de place à la bouillotte,
De rencontrer au moins un mur qui les accote!
Pour vous qui savez joindre à l'éclat de vos yeux
La merveilleuse ampleur d'une jupe Baisieux,
Un bouquet Constantin, des basquines Palmyre,
Des bracelets Bernard sur des bras qu'on admire,
Ce que produit de mieux et Delille et Doucet,
Vous qui régnez enfin par le droit du corset,
Avancez, on vous a réservé votre place.
Vous voilà confinée en un petit espace
Dont vous ne pouvez plus bouger de tout le soir.
Savez-vous près de qui l'on vous a fait asseoir?
Presque jamais; alors, condamnée au silence,
A vos premiers instincts vous faites violence.
Pour vous distraire, en vain vous montrez vos appas :
Personne pour les voir; les galants sont là-bas.
Les voyez-vous former cette masse compacte?
On dirait qu'ils sont là pour rédiger un acte;

Compulser un dossier, méditer un procès,
Ou faire un inventaire en règle après décès.

Mais vers le piano s'avance un grand artiste.
On le dit, dans son jeu, brillant et coloriste.
Peut-être attendez-vous que ce maître de l'art
Va vous faire comprendre enfin votre Mozart,
Pour le moins Berlioz ou quelque autre génie,
Membre de l'Institut, section d'harmonie?
Non, non, il n'en est rien. Le drôle a bien le cœur
De nous faire subir dans toute sa longueur
Un grand morceau de lui, Nantaise ou Tarentelle,
Nouveauté, si l'on veut, mais nouveauté mortelle;
Et les sots d'applaudir, et l'auteur enchanté
D'aller porter ailleurs sa triste nouveauté.
Encor sommes-nous pas au bout de toute peine,
Car les musiciens semblent former la chaîne.
Après trois sextuor, deux soli, puis le chant,
Triste ou gai, quand on veut qu'il soit vif ou touchant,
Enfin tout cet amas de morceaux indigestes,
Des chefs-d'œuvre meurtris impitoyables restes.
Mais prenons garde ici de nous appesantir :
On nous accuserait de ne plus rien sentir,

Et, pour ne pas aimer la musique à la serpe,
De mépriser les arts et la divine Euterpe.
Terpsichore d'ailleurs nous réclame, et voici
La polka qui se rue et passe par ici.
Une victime encor ! De quelles calomnies
Ne la poursuivent pas ses vieilles ennemies,
Précieuses du temps, qui trouvent peu chrétien
Qu'on forme avec un homme un semblable lien,
Qu'on reste si longtemps pressé l'un contre l'autre,
Et, toujours comparant leur jeunesse à la nôtre,
Dans leur aigre dépit, vont chez leurs parfumeurs
Condamner notre siècle et décrier nos mœurs !

Tout beau ! ne soyez pas, mesdames, si sévères.
Au printemps de votre âge étiez-vous plus austères ?
Les mémoires du temps, et nous n'en manquons pas,
Montrent qu'on y dansait toutes sortes de pas.
Vous, mesdames, surtout, vous, soit dit sans reproche,
Vous n'aviez pas, dit-on, les yeux dans votre poche.
Bien souvent, en ce jeu, le bouquet d'oranger,
S'il ne se flétrit point, en courut le danger ;
Et je crois que jamais il n'est sans imprudence
De laisser carte blanche aux femmes pour la danse.

Mais, s'il existe un temps où cette vérité
Puisse rabattre un peu de son austérité,
Oh! bien assurément, ce temps-là, c'est le nôtre;
Et je le trouve ici plus moral que le vôtre.
On s'amusait alors! on ne s'amuse plus!
Voyez donc nos danseurs! on dirait des reclus,
Dont les yeux renfoncés et le visage blême
Feraient croire vraiment qu'ils sortent de carême,
Quand tant d'autres, cloîtrés, c'est vrai, mais bien nourris,
Comme dans le lutrin, portent des teints fleuris.
J'ai parlé des danseurs; maintenant, les danseuses,
Pensez-vous, à leur air, qu'elles soient bien heureuses?
Les voyez-vous sourire, au moins, sous l'éventail?
Non, elles ont à faire un trop rude travail.
Le bal a ses douleurs, et là tout n'est pas rose :
Sur leur pied délicat souvent un pied se pose;
Un coude maladroit, dans sa course emporté,
Blesse grossièrement leur dos décolleté,
Ou, ce qui porte au cœur la plus cruelle peine,
Disperse au loin les fleurs dont leur main était pleine.
On ne perd pas le temps à leur faire la cour,
Et là, tout comme ailleurs, on a proscrit l'amour.
Dans de si courts instants que voulez-vous qu'on dise,
Sinon de ces gros riens, tout gonflés de sottise?

Les sexes, il est vrai, ne sont plus isolés.
En font-ils plus de mal pour être ainsi mêlés?
Par Vénus! je n'en vois nullement, pour mon compte.
Parlons franc, disons tout, soyons sans fausse honte.
Si l'on me demandait mon avis, en deux mots,
Je répondrais, je crois, en dépit des dévots,
Que, sans mettre en danger l'honneur de la famille,
« La mère en permettra la lecture à sa fille. »
Pour moi qui me fais vieux (j'ai près de vingt-sept ans),
Il me faut des plaisirs un peu plus excitants.
Je serai peu compris, et j'attends qu'on me raille.
Il n'en est pas moins vrai qu'à la danse je bâille,
On n'est pas obligé non plus d'être parfait!
Dans ce cas, dira-t-on, allez donc au buffet.
J'y fus, pour mon malheur, pressé de soif ardente;
Je regrettai bientôt ma démarche imprudente.
Triste en est le récit et j'en frissonne encor.

La table était servie, et dans des vases d'or
Se voyait un repas vraiment digne d'un prince,
Tout ce que peut fournir la ville et la province,
Depuis le gâteau sec jusqu'à l'épais homard,
Et tous les meilleurs crus, du lafitte au pomard.

Le biscuit du milieu formait une montagne.
Partout du café froid, du punch et du champagne,
Et je conviens enfin que ce maudit buffet
Était, pour le regard, d'un merveilleux effet.
Mais qu'importe à mes yeux que son menu s'étale,
S'il renouvelle en moi les douleurs de Tantale?
Vous avez vu, je pense, en certains carrefours,
Les pauvres, convoqués, venir en grand concours,
Armés pour cette fois, non plus d'atroces piques,
Mais de cartes portant : fourneaux philanthropiques.
Les mets, fort sains d'ailleurs, n'y sont pas séduisants,
Mais c'est un vrai festin pour ces agonisants.
A voir s'agglomérer ces masses affamées
D'habitants des faubourgs, aux maisons mal famées,
Ne croyez pas qu'ils vont commettre des excès
Pour conquérir ces bancs de difficile accès!
Ces hommes que la faim semble crisper et tordre,
Ils attendent leur tour avec le plus grand ordre.
En peut-on dire autant de vous, riches ventrus,
Qui, sur un bon dîner versant les meilleurs crus,
Avec votre estomac ne vous tenez pas quittes,
Si vous n'allez, le soir, souper en parasites,
Et qui, lorsqu'on vous offre avec profusion
Ce souper, digne objet de votre ambition,

Vous précipitant tous à la fois sur les tables,

Lions peut-être ailleurs, là tigres véritables,

Apres à la curée et dévorant des yeux

Les viandes, les poissons, les pâtés giboyeux,

A peine votre main a conquis une assiette,

Mangez avec vos doigts, sans laisser une miette?

Encor, pour arriver à ce beau résultat,

Il faut à ses voisins livrer plus d'un combat.

Moi qui n'en ai pas fait d'étude approfondie,

Je tendais vainement une main peu hardie.

On me servit enfin un énorme échaudé

Au lieu du verre d'eau que j'avais demandé.

J'avais la gorge en feu ; jugez de mon supplice

Je réclame. On me passe alors une écrevisse,

Avec des champignons, sur un cul d'artichaut,

Le tout accompagné d'un peu de pâté chaud.

Or, tout en maugréant d'être en cette galère,

J'allais, prenant le plat, le manger de colère,

Et déjà je cherchais où je pourrais m'asseoir,

N'ayant pas pu le faire encor de tout le soir,

Lorsque, pour m'achever, une main féminine

M'enlève en un clin d'œil cette part léonine,

Et, tandis qu'admirant ce coup inattendu,

Je restais là sans souffle et le bras étendu :

« Oh! merci, me dit-on, monsieur, c'est pour ma fille;
Elle est un peu souffrante et revient du quadrille[1]. »

A ce trait je m'enfuis, et jurai, mais trop tard,
Qu'on ne me prendrait plus à pareil traquenard,
D'autant qu'à la sortie, envahi par la brume,
J'avais chaud; je pris froid, fus saisi d'un bon rhume
Qui, me prenant mon temps, me tourne les humeurs
Et me fait peindre en noir le tableau de nos mœurs.
En noir, vous ai-je dit? peut-être je me vante,
Et ma plume aurait pu se faire plus méchante.
Bien peu sauront trouver, dans mes trop faibles vers,
La leçon qui s'adresse à leurs petits travers.
Je redoute surtout, si j'ai quelques lectrices,
D'essuyer un hourra de voix accusatrices.
Eh bien, soit; mais pour moi, je tiendrai mon serment.
Je fais fi de plaisirs payés si chèrement.
Je n'irai plus au bal, dût la chose me nuire
(Tant que je n'aurai pas une femme à conduire),
Et, plutôt que de faire un semblable métier,
J'aimerais mieux, je crois, être cabaretier,

[1] Historique.

Savetier, sabotier, petit clerc ou concierge,

Ou vivre comme un ours dans une forêt vierge,

Ou crier à la Bourse, ou courir le brelan,

Du Crédit mobilier apurer le bilan,

Ou mieux, passer mes jours et mes nuits infécondes

A voir fumer Lireux au cercle des Deux mondes.

LE FLOT HUMAIN

Quels cris ! quel bruit ! quel choc ! on se pousse ! on se presse
A la cour, à la ville, aux champs, même à la messe,
De la foule partout, partout le flot humain
Qui monte d'âge en âge et grossit en chemin ;
L'atmosphère en est trouble et la terre encombrée.
On chôme à la sortie ; on s'étouffe à l'entrée
Les bedeaux accablés résignent leurs emplois,
Les maires sont à bout et Vaflard[1] aux abois :

[1] Entrepreneur des pompes funèbres.

Ses trop nombreux clients ne trouvent plus de place.
C'est en vain qu'un décret agrandit Montparnasse;
On empiète encor sur le champ riverain,
Et les morts aux vivants disputent le terrain.
Mais ce n'est rien auprès de toutes ces naissances
Qui, grâces à l'extrait, bravent les médisances,
Et qui, de ce bas monde envahissant l'octroi,
Passent, souvent en fraude, à l'ombre de la loi.
Pour douze qui s'en vont voir le Père-Lachaise,
Au banquet de la vie il en arrive treize.
C'est ainsi que le flux, on me l'a dit souvent,
Pour un pas en arrière, en fait deux en avant.
Mais où donc allons-nous, avec un tel système?
Vraiment, on ne fait plus les enfants, on les sème.
On procrée, on procrée, et sans s'inquiéter
Si le globe en reçoit plus qu'il n'en peut porter,
Sans songer qu'un enfant est chose noble et belle,
Homme qui pleure enfin, et non mouton qui bêle!
Qu'en donnant l'existence à des troupeaux entiers,
On fait des malheureux de tous ses héritiers,
Que le nombre appauvrit, à force de partages;
Qu'une maison s'écroule, à porter tant d'étages,
Et que notre planète, avant qu'il soit cent ans,
Croulera dans le vide, avec ses habitants.

Je vous entends d'ici crier à l'hyperbole.

Apollon en a-t-il perdu le monopole?

Pour le lui retirer a-t-on vu qu'un décret

Ait osé pénétrer dans son domaine abstrait,

Et qu'il soit interdit, sous peine d'une amende,

De parler un peu haut, quand le vers le demande?

Non, non, je puis le dire et le redis encor :

Vous faites des enfants comme dans l'âge d'or,

Cet âge ainsi nommé pour sa rare innocence,

Mais où l'or méconnu brillait par son absence,

Où, pour les moindres soins, le sol, reconnaissant,

Donnait plus que l'emprunt et que le trois pour cent;

Cet âge où l'univers, comme un grand corps sans âme,

Comptait pour se peupler sur le fils de la femme,

Où l'homme avait pour but de se multiplier,

Et, roi des animaux, sans en rien publier,

Pour répondre aux appels de la nature amie,

Se faisait un devoir de la polygamie.

Mais au printemps du monde a succédé l'hiver,

Et l'âge où nous vivons est un âge de fer.

Dans ce malheureux temps, de son sang économe,

Il faut bien se garder de tant prodiguer l'homme.

Voulons-nous, augmentant sans cesse le trop-plein,
Nous-mêmes nous réduire au rôle d'Ugolin?
Et ne sentons-nous pas que déjà la famine
De sa dent implacable et nous ronge et nous mine?
Notre fécondité, depuis quatre mille ans,
Du divin pourvoyeur a dérangé les plans.
A nourrir tant d'enfants la terre s'est usée;
On sollicite en vain sa mamelle épuisée;
Elle reste inféconde, et ce sein décrépit
Semble nous demander un siècle de répit.
Cérès ne peut suffire à nos mille peuplades;
Si nous avons des fruits, ce sont des fruits malades.
On a beau labourer, semer, sarcler, biner,
Fumer, bêcher, greffer, canaliser, drainer,
Cybèle est insensible, et la vieille hydropique
Ne se réchauffe plus qu'au soleil du tropique.
Si prodigue autrefois, avare maintenant,
Elle a restreint ses dons au nouveau continent.
Pour vivre nous n'avons que nos fermes écoles,
Nos comices, nos prix, nos journaux agricoles;
A défaut de la banque, on a bien le papier
Que fabriquait hier le Crédit mobilier
Et qui sur l'Océan, volant d'un monde à l'autre,
Prend à tous les pays de quoi nourrir le nôtre.

Mais larges sont les mers, et que deviendrons-nous
Si la chaudière saute ou si les vents sont mous?
Encor si pour farine on avait la fécule !
Mais la lèpre a rongé notre cher tubercule,
L'a flétri dans son germe et nous le livre ainsi
Fétide, gangrené, venimeux et noirci.
Et ce fruit de la vigne où toute âme asservie
Se retrempe et retrouve un principe de vie,
Ce fruit, le plus beau legs que nous transmit Noé,
Qui fut dieu sous le nom de Bacchus Evoë;
Ce fruit, jus petillant que, dans toutes les fêtes,
A l'égal de l'amour, ont chanté les poëtes,
Soutien de la vieillesse et du travail obscur,
Voyez : la grappe vient; mais le grain reste dur.
Tout ainsi disparaît, s'étiole ou se rouille.
Nous n'avons plus de bois, et presque plus de houille.
Le gibier décimé déserte nos guérets.
Les monts, découronnés de leurs vieilles forêts,
Déchaînent les torrents, et leur croupe s'allége,
En secouant sur nous sa crinière de neige,
Tantôt c'est une trombe : alors, sauve qui peut !
Tantôt le sol qui tremble et sous nos pas s'émeut,
Se soulève en volcan ou s'ouvre en catacombe,
Et nous dresse un bûcher, ou nous creuse une tombe !

Puis, comme tout se tient, voici que Phaéton
Semble s'être affranchi de la loi de Newton.
Contre Torricelli la sphère est révoltée
Et Phœbé toute pâle et désorientée,
Laissant se ralentir son cours habituel,
Paye inexactement son tribut mensuel.

Ah ! malheur ! quand la terre et les cieux sont hostiles !
Craignons, alors, craignons les bouches inutiles,
Ce pêle-mêle affreux et cet amas confus
D'ouvriers sans travail, de bas-bleus méconnus,
De héros sans couronne et sans apothéose,
De docteurs sans malade et d'avocats sans cause.
Ils sont là haletants, perdus, abandonnés,
Ils pensent à mourir, voudraient n'être pas nés;
Dans leurs jours ténébreux et leurs veilles amères,
Ils blasphèment le ciel et maudissent leurs mères;
Ils s'en vont, promenant leurs bras inoccupés,
Heurter les habits neufs de leurs habits râpés;
Ils mordent, tout le jour, de leur dent famélique,
Le peuplier caduc de la place publique;
Sauvages raffinés, haineux lazzaroni,
Ils mettent leur espoir dans un crime impuni;

A vendre au plus offrant, ils tendent la narine,
Toujours prêts à tourner à tout vent de doctrine;
Ils hurlent, à l'envi, tribuns inaperçus;
S'ils trouvent une borne, ils se hissent dessus;
Et puis vient un beau jour où, dans la grande ville,
De cet obscur limon sort la guerre civile,
Qui partout jaillissant de dessous les pavés
Emporte l'avenir dans ses flots soulevés.

Pour apaiser ces flots, enchaîner ces tempêtes
Qui grondent sous les pieds et menacent les têtes,
Dans votre excès d'amour, qu'avez-vous inventé,
Philanthropie, et vous, divine Charité?
Hélas! vous ne savez que répandre des larmes,
Prier pour les blessés, les coucher sur leurs armes,
Et, vrais anges du ciel, leur dire, avec douceur,
En vous penchant sur eux : « Amis, c'est une *sœur*. »
Que de froids puritains, ô mes vierges sublimes!
Discutent vos motifs, au chevet des victimes!
Moi, je n'aurai pour vous que de tendres respects;
Mais, si j'étais admis au congrès de la paix,
Pour étouffer le mal, remontant à sa cause,
Dans un de ces discours comme on en fait en prose,

Que j'enflerais encore avant qu'on l'imprimât,
Le *Moniteur* dût-il en doubler son format,
Je dirais que tout vient du droit, dont on abuse,
D'ouvrir au flot humain sa rugissante écluse ;
Qu'il est temps d'arrêter un tel débordement ;
Que le monde a besoin d'enrayer un moment ;
Que, d'après un dicton qui trouve ici sa place,
Tant va la cruche à l'eau qu'enfin elle se casse,
Et qu'il faut, si l'on veut sauver l'humanité,
Établir un impôt sur la paternité,
Ou, comme en terminant le conseille la rime,
Aux époux tempérants accorder une prime.

LE BLEU DANS LES ARTS

Il arrive parfois de singuliers hasards.
On discutait hier sur le bleu dans les arts.
Le sujet était simple et docte l'assemblée;
La question pouvait se résoudre d'emblée.
Tout se passait en règle, et les dames, d'abord,
Pour emporter le vote étaient toutes d'accord.
Mais un petit monsieur qui n'a pas l'air commode
Proclame qu'aujourd'hui le bleu n'est plus de mode.

La tempête, à ces mots, gronde de toutes parts,
Les feux de la discorde allument les regards,
On attaque bientôt les notes les plus hautes;
Moi je riais, tout seul, à me tenir les côtes,
Et muet auditeur de ce charivari,
Je bâillais, comme on bâille après que l'on a ri,
Lorsqu'un mien grand ami, dominant le tapage,
Me dénonce soudain à tout l'aréopage,
Et, solennellement, de sa voix de stentor,
Propose qu'on m'appelle au rôle de Nestor.
En vain je me débats et récuse le titre;
Malgré ma résistance on me prend pour arbitre.
Voilà pourtant comment nous viennent les honneurs!
Heureusement, la veille, à l'hôtel des Jeûneurs,
J'avais fait, en passant, tout un cours d'esthétique
Et vu l'art de nos jours coudoyant l'art antique.
Je savais peu de noms, mais des noms concluants,
Des maîtres pour tout dire et maîtres influents,
Et je pouvais citer pour me tirer d'affaire
Leur style, leur couleur, leur école et leur faire.
Bref, il fallait parler. Je fis ce que je pus.
Mon discours, pas à pas, quoique à bâtons rompus,
Parvint, tant bien que mal, à rendre ma pensée,
Et, dit d'une voix claire, égale et cadencée,

Il fit sur mon public si forte impression,
Que j'en vis, sous mes yeux, voter l'impression
Avant que d'avoir pu sauver ma modestie
Par le moyen connu d'une adroite sortie.
Voici donc le morceau, puisqu'il faut le donner;
Seulement j'ai pris soin de collationner;
Puis, je l'ai mis au net, sans renvoi ni rature,
Heureux s'il peut ainsi supporter la lecture.

Mesdames et messieurs, ai je dit, j'aime à voir,
Dans de pareils débats, vos esprits s'émouvoir.
Que la foule se rue aux mines aurifères,
Vous n'en restez pas moins, vous, dans les hautes sphères.
Vous conservez l'amour et le culte du beau,
Des lettres et des arts rallumez le flambeau;
Dans ce monde déchu, bravement faites schisme
Avec le terre à terre et le positivisme,
Et, sachant restaurer le goût qui se rouillait,
Relevez parmi nous l'hôtel de Rambouillet !
Mais laissons ces vieux noms. Notre siècle révèle
L'avénement d'un culte et d'une ère nouvelle.
Il ne nous suffit plus de l'étroit horizon
Qu'ont prétendu tracer la rime et la raison :

Il nous faut l'Océan, aux plages infinies,
Les rêves éthérés, les vagues harmonies,
Les mondes inconnus, les espaces lointains,
Les soleils égarés et les astres éteints;
Il nous faut l'idéal, l'impossible et l'immense;
Il nous faut le génie effleurant la démence;
Il nous faut dans l'amour un tel ébranlement,
Qu'on ne retrouve plus rien d'humain dans l'amant.
Exigeant que l'art crée et non pas qu'il imite,
Nous voulons qu'il n'ait plus ni règle ni limite;
Que le marbre, affranchi des Grecs et des Romains,
Laisse tordre, à plaisir, ses membres surhumains;
Que les effets, les tons et le jeu des lumières
Remplacent du dessin les formes régulières;
Que le vers, enjambant, aux dépens du voisin,
Suspende le discours jusqu'au dernier sixain;
Que, tout comme le vers dédaigne la césure,
Le chant, dans son essor, dépasse la mesure;
Qu'on dise : Ah ! que c'est beau, je n'y vois que du feu;
Et que toujours la rime amène le ciel bleu.

Le bleu, l'azur, le vague et l'incompréhensible,
Quelle âme à ces mots-là peut rester insensible?

Pour ne pas s'ébaubir, il faut être banquier,

Franc matérialiste, infime boutiquier,

Vrai pourceau d'Épicure, ou Diogène immonde;

Ne jamais détacher les yeux de ce bas monde,

Ou, dans un intérêt deux fois semestriel,

Vivre conservateur et ministériel.

Par bonheur, la jeunesse est toujours la jeunesse,

Et, de tous les progrès se faisant patronnesse,

Elle marche en avant, comme si l'avenir

Avait à ses destins promis d'appartenir.

C'est ainsi que le bleu parut à la lumière,

Car la jeunesse à lui se livra tout entière.

Hugo donna le branle et rima tout en bleu

Eh! devait-il d'ailleurs s'arrêter pour si peu?

Que de fois ses pachas lui fournirent trois queues

Afin que son ciel bleu se mêlât aux eaux bleues!

Lamartine surtout, pour interroger Dieu,

Ne sut que trop avant nous plonger dans le bleu.

Bientôt on vit courir Paris et la banlieue

Dans des trains de plaisir au bord de la mer Bleue,

Delacroix au Salon nous fit des chevaux bleus,

Diaz des Amours bleus, blancs, blonds et peu frileux,

Le bleu Félicien au désert fit des lieues

Pour nous en rapporter quelques romances bleues,

Et moi-même, qui suis poëte pot-au-feu,
Vous voyez, j'en suis bleu, mais je mets tout au bleu.

Le bleu! le bleu! le bleu! voilà le mot suprême!
Le bleu, c'est ce qu'on voit en rêve quand on aime;
Le bleu, c'est le regard, l'azur de deux beaux yeux,
Qui vous parlent d'amour et reflètent les cieux;
Le bleu, c'est de la vierge au front mélancolique
Le silence éloquent, le sourire angélique;
C'est le bonheur à deux, à l'ombre du chemin,
Les bras entrelacés et la main dans la main;
Ce sont les soirs profonds et les beaux clairs de lune,
Lorsque ensemble on parcourt la mouvante lagune;
C'est le zéphyr qui passe et le nuage errant,
Lorsqu'à celle qu'on aime on parle en soupirant.
Le bleu, c'est l'amour même et ses tremblantes fièvres,
Les larmes dans la voix, les serments sur les lèvres,
La passion sans borne et le pur sentiment,
Et puis, c'est l'idéal, comme couronnement;
C'est la vie entrevue aux arêtes d'un prisme,
Enfin c'est le mystère et c'est le magnétisme!

Que rêver au delà? Qu'imaginer de plus?
N'êtes-vous pas contents, poëtes chevelus?

Dans quelle région introuvable, innomée,
Prétendez-vous, dès lors, chercher la renommée?
Allons, résignez-vous ; assez vaste est le champ
Pour qu'hélas! vous puissiez vous y perdre en marchant.
Le bleu, voilà pour l'art les colonnes d'Hercule.
Il faut bien s'y tenir, à moins qu'on ne recule.
Soyez donc pour le bleu. Partout votez pour lui.
Surtout, qu'il n'en soit plus question d'aujourd'hui !
Et, tout en évoquant quelque rêve nocturne,
Que des bulletins bleus soient mis par vous dans l'urne

LA FIN DU DEMI-MONDE

———

J'ai juré d'entamer une brûlante thèse.
Le silence, aujourd'hui, comme un remords me pèse,
Et je crois qu'il est temps de flétrir à mon tour
Le honteux *brodequin* dont on chausse l'Amour.
La scène d'autrefois, disciple de Minerve,
A le montrer aux gens mettait quelque réserve.
Il devait revêtir un costume décent,
Par un air de candeur se rendre intéressant,
Avoir un ton parfait quand il parlait aux filles
Et faire, au dénoûment, le bonheur des familles.

Il devait, avant tout, s'assurer d'un blason,
Respecter, en tous points, l'honneur de sa maison,
Masquer ses traits d'enfant d'un courage héroïque,
Comprimer ses ardeurs sous un calme stoïque,
Ne jamais triompher sans avoir combattu,
Mériter, par ses mœurs, le grand prix de vertu,
Et, métamorphosé, même aux yeux de sa mère,
Paraître, en habit noir, devant monsieur le maire.

Il n'en est plus ainsi. Nous avons tout changé :
La morale publique était un préjugé.
Nous ne pouvions vraiment, au siècle des lumières,
Nous laisser arrêter par de telles barrières.
Ce débris du vieux temps était encor debout,
Il dut avoir enfin sa nuit du quatre août;
Ainsi le décida l'école réaliste
Par vote universel et sans scrutin de liste.
On revint aussitôt à l'étude du nu;
Cupidon eut pour maître un satyre chenu;
On lui mit des sabots, en lui rognant les ailes;
Il changea de langage auprès des demoiselles :
Au lieu de se glisser derrière leur miroir,
Il vint, sur leurs genoux, effrontément, s'asseoir.

Quant à faire sa cour, il n'en prit plus la peine;
Il se fit carabin, eut le genre sans gêne,
Fuma, prisa, cracha, les pieds sur les chenets,
Jura comme Vert-Vert, but comme un Polonais,
Ordonna qu'en un club on transformât Cythère,
Ouvrit, aux yeux de tous, sa porte à l'adultère,
Fit sa chambre à coucher au milieu du salon
Et descendit bientôt au dernier échelon.

O Muse! noble écho d'un culte qui s'efface,
Baissez vos chastes yeux et voilez votre face !
Ou plutôt levez-vous, le regard plein d'éclairs,
Faites mugir au loin vos foudres dans les airs ;
Frappez par un grand coup ce siècle sans courage,
Et de l'art et des mœurs prenez en main l'outrage !
Hâtez-vous ! hâtez-vous ! le venin se répand,
Vierge, à vous d'écraser la tête du serpent !
La poésie, en pleurs, vous supplie et vous presse;
Un génie infernal dans les esprits se dresse !
Voici qu'on nous amène et Laïs et Phryné,
Ou la honte au grand jour et le vice effréné !
Théodora, pour nous, a quitté le Portique
Et vient nous harceler de son œil impudique !

Le reste suit bientôt, et, comme un vil bétail,
Met sa chair à l'encan et se vend au détail!
A ces marchés impurs, dignes de cannibales,
Se rue un peuple entier affamé de scandales.
On entend dans les sacs sonner les louis d'or :
Tant pour Fargueil, pour Doche, et tant pour Mogador!
La marchandise est bonne et se maintient en hausse;
Elle rend cent pour cent, comme un champ de la Beauce.
Combien en prenez-vous? Vous avez à choisir;
Vous aurez quelques frais, mais beaucoup de plaisir.
Vous pouvez soulever les voiles de ces dames,
Vous pouvez voir de près si ce sont bien des femmes.
Pourtant l'opinion, par un sévère édit,
A voulu qu'un seul point demeurât interdit :
Vous cueillerez les fruits, mais sans posséder l'arbre;
On ne peut épouser une fille de marbre.
C'est la moralité des tableaux instructifs
Qu'on étale aux regards des jeunes gens oisifs.
On ne saurait trop tôt marquer à l'ignorance
Jusqu'où peut se pousser l'ignoble intempérance,
Et la limite exacte où, dans ce cercle étroit,
Commence le devoir et s'arrête le droit!

Aussi voyez, le soir, les mères prévoyantes

Mener à ces leçons leurs filles souriantes.

Pauvres fleurs, qu'un couvent prétendait enfouir,

Ne faut-il pas les voir un peu s'épanouir,

Les former, par l'exemple, à cette comédie,

Que depuis six mille ans le beau sexe étudie ?

Le monde est un théâtre où bientôt, à leur tour,

Elles vont figurer et jouer à l'amour.

En doit-on leur cacher les nouvelles coutumes,

Les poses à la mode et les derniers costumes,

Leur laisser ignorer l'argot dont on se sert?

Veut-on qu'elles soient là comme dans un désert,

Et que, n'entendant rien aux petits mots qu'on lance,

Il leur faille garder un éternel silence ?

Non, non, elles sauront dire agréablement :

« *Fille* au lieu de maîtresse, et *michet* pour amant. »

Avec les jeunes gens supprimant les tirades,

Elles leur parleront comme à des camarades.

Au bal, elles auront des danseurs préférés,

Les yeux à la Fechter et les traits altérés.

Souvent, en respirant le parfum d'une rose,

On les verra sourire, en disant : « Bonjour, *Chose!* »

Ou, par un mouvement rapide et hasardeux,

Danser avec un seul et causer avec deux.

Elles ont eu l'avis, de différentes sources,

Qu'*Olympe* était aux bois et *Désirée* aux courses,
Que *Cico* de Turquie a fait venir un groom,
Pas plus gros que le poing et natif d'Erzeroom ;
Que *Constance* se range et qu'*Ozy* fait la sainte ;
Ou que l'une est partie et que l'autre est enceinte ;
Et qu'un jour, au foyer, on avait vu *Luther*
Faire un prêche en trois points, comme le vieux Luther.
Leurs interlocuteurs, pour n'être pas en reste,
Trouvent *Page* adorable et *Boisgontiers* céleste ;
Puis, reprenant bientôt leurs thèmes favoris,
Retombent dans le club et les derniers paris.
Mais je les abandonne à qui voudrait les suivre.
Pour moi, je ne veux pas qu'on me vende à la livre ;
Tous les genres sont bons, hors le genre ennuyeux :
Il faut donc qu'au lecteur je fasse mes adieux.
Heureux, s'il a senti, sous ma sainte colère,
Et l'esprit qui m'inspire et le Dieu qui m'éclaire !
Ah ! que n'ai-je une voix à la hauteur du mal !
Que ne suis-je Barbier, Gilbert ou Juvénal !
Mon vers, à deux tranchants, frapperait comme un glaive,
Ou, torrent furieux, volcan qui se soulève,
Océan déchaîné, flot qui vomit du fiel,
Ange exterminateur, déluge, feu du ciel,
Chargé d'anéantir la nouvelle Sodome,

Il n'en laisserait pas atome sur atome ;
Puis, trompette sacrée, allant frapper les airs,
De sons miraculeux étonnant l'univers,
L'éveillant en sursaut de son sommeil immonde,
Annoncerait partout la *fin du Demi-Monde*.

LE MARIAGE

Te voilà donc lancé sur la route commune,
Pauvre poëte! et nul ne plaint ton infortune!
Il est cruel pourtant de subir une loi
Faite pour tout le monde et si bourgeoise en soi.
Se marier! Il faut avoir l'âme vulgaire
Pour ne point à *cela* tenter de se soustraire.
Quoi donc? besoin sera que, tout vêtu de noir,
J'aille faire ma cour, assidûment, le soir?
Pas plus tard que demain, si ma lorgnette est bonne,
Au théâtre je dois voir la jeune personne.

Je saurai qu'elle est brune ou blonde, et, des cheveux,
Les sourcils inspectés, je descends sur les yeux.
Hélas! ils sont baissés : je passe, et sur la bouche
Lance un regard furtif; mais voici qu'on se mouche!
J'analyse le nez, la joue et le menton.
Ils ne me disent rien. A quel acte en est-on?
Je ne sais; mais je suis, quand la pièce est finie,
Tout prêt à décider du bonheur de ma vie.
Le lendemain matin, à peine réveillé,
« Eh bien, parle, voyons, tu fus émerveillé? »
On le voit à mes yeux, et leur fatigue même
Prouve à tous que j'ai vu, que j'ai rêvé, que j'aime.
On s'empresse aussitôt de calculer la dot.
De ne point accepter je serais un grand sot.
Quand l'argent a parlé, pour certaines personnes,
Les meilleures raisons ont cessé d'être bonnes.
Qu'est-ce donc, quand on n'a point d'autre objection,
Que l'absence en son cœur de toute passion!
C'est ainsi qu'aujourd'hui, toujours, un mariage
Dans la route battue aveuglément s'engage.
Le reste n'est plus rien. — On commence, d'abord,
Par brûler ses vaisseaux en atteignant le port.
Dans le salon, chauffé pour cette circonstance,
Le père du futur d'un air grave s'avance,

Et parle en premier lieu, comme l'on fait toujours,
Pour suivre le bon ton qui fait tout à rebours,
Du sec, du chaud, du froid, du beau temps, de la pluie.
De ce fade entretien, à la fin, on s'ennuie;
On passe tout à coup au mode solennel.
Vient alors le moment, et le speech paternel
Se débite. — Une fois la demande formée,
On ne peut revenir. — La retraite est fermée.
Il faut donc avancer. — Le plus vite est le mieux.
Qui fait trop bien sa cour perd un temps précieux.
En un mois, tout se bâcle. — On termine l'affaire
Par un long rendez-vous chez monsieur le notaire;
La mairie est tout près et l'église à deux pas;
La chose est enlevée entre deux bons repas.
La nuit complaisamment couvre tout de ses voiles,
Une lune de miel naît parmi les étoiles,
Et, lorsque le jour vient, il éclaire, d'abord,
Une vierge expirante auprès d'un lion mort.

LES BAINS DE TROUVILLE

AU MOIS DE JUIN

Pour qui ces apprêts somptueux,
Pour qui ces torches qu'on allume,
Lorsqu'a disparu dans la brume
Du jour le roi majestueux?
En vain le piano résonne;
Dans le silence de la nuit,
De loin on en entend le bruit;
Mais, hélas! il ne vient personne,

Pensif et le front dans la main,
Seul, devant ces banquettes vides,
Je me disais, les yeux humides :
« Où donc trouver un être humain?
J'ai fait des frais en pure perte,
Trouville est, malgré qu'on en ait,
Un trou de ville très-peu gai,
Sa plage une plage déserte. »
Mais, soudain, sur ses pauvres gonds
Voici la porte qui s'ébranle;
Ce sont quelques danseurs bougons
Qui vont s'adresser au chambranle.
Ce sont quelques pâles beautés
De Paris ou de la banlieue,
Ce sont quelques nez épatés,
Sentant le terroir d'une lieue.
Eh bien, enfin, va-t-on danser?
Non, de peur de se compromettre,
Personne n'ose commencer.
C'est un vrai bal avant la lettre,
Je veux sonner le branle-bas,
Et j'invite une demoiselle.
La bégueule me dit tout bas
Qu'elle ne danse que chez elle.

Ah! pour le coup, je n'y tiens plus,
Comme le corbeau de la fable,
Jurant qu'on ne m'y prendrait plus,
Je quitte ce désert de sable.
Je fuis Neptune et son trident
Et ses Néréides maussades;
Je vais aux bains de Mac-Adam :
Il faut du plaisir aux malades!

AVANT D'ENTRER EN SCÈNE

A commenter un poëte sublime,
Allons, enfants, il faut nous préparer,
Je veux avoir une noble victime
Qu'on puisse plaindre et qu'on puisse admirer.
Je veux avoir une épouse en furie
Dont le beau sein, gonflé par la douleur,
Ose éclater contre ma barbarie
Et me contraigne à changer de couleur.

Pour moi, grand roi de par la tragédie,

Je vous promets d'imposer au public,

Et vous verrez notre pièce applaudie

Malgré Chalcas et son noir pronostic.

Mais pour cela, comme dit la Fontaine,

Pour que le ciel soit propice à nos vœux,

Il faut soi-même y prendre un peu de peine;

Il ne faut pas tout laisser faire aux dieux.

Arborons donc le sceptre et la couronne,

Puis armons-nous de pitié, de courroux,

Et, pour sa part, que chacun de nous donne

Ce que son rôle a d'amer ou de doux.

Et tout d'abord devant moi, votre père,

Iphigénie, ayez soin, mon enfant,

D'avoir un peu plus baissé vers la terre

Cet œil moqueur, au regard triomphant.

Il faut avoir une allure soumise,

Mettre à ses yeux du rouge végétal,

Tordre ses bras, déchirer sa chemise

Et vaincre ainsi son destin trop fatal.

Ne cherchez pas, surtout, à vous défendre,

Mais, suppliante, aux cieux levez les mains;

Même à ma barbe il faudrait vous suspendre,

Comme faisaient les Grecs et les Romains.

Mais à quoi bon chercher à vous instruire?
Les femmes ont cet art, bien mieux que nous,
De deviner ce qu'on ne peut leur dire.
Pour m'attendrir je compte donc sur vous.
Oh! mais que vois-je? oubliant son outrage,
Ma Clytemnestre a laissé sur son teint
S'épanouir ces roses du bel âge
Dont se colore un visage enfantin.
Et vous voulez que ce soit cette lèvre,
Cet œil si doux et cet air innocent
Qui, s'animant d'ironie et de fièvre,
Lancent la flamme et s'injectent de sang?
Soit; mais alors il vous faudrait étendre,
Sur tous vos traits, un masque de carton,
Fait de manière à ce qu'il puisse prendre
Du haut du front jusqu'au bas du menton.
Puis sur ce front que doux zéphyr habite,
Je voudrais voir des serpents s'enlacer
Dont les yeux verts, sortant de leur orbite,
Versent le fiel qu'ils savent amasser.
Soyez donc mère, oui, mère, c'est-à-dire
Lionne à qui l'on viendrait arracher
Ses lionceaux, et dont le seul délire
Glace tous ceux qui tentent d'approcher.

Allons, marchons, venez, chère Ériphyle,
Jusqu'au bûcher prenez le bras d'Achille;
Et vous, ma fille, à mes suprêmes lois
Obéissez pour la première fois.

Jusqu'au bûcher prenez le bras d'Achille;
Et vous, ma fille, à mes suprêmes lois
Obéissez pour la première fois.

DANS UN CABINET DE LECTURE

Des chevaliers du lansquenet
Tu devrais être l'héroïne.
Toujours le volume renaît
Sous l'ardeur de ta main divine.
Lorsque tu veux un compagnon
Qui vienne charmer ta retraite,
Aussitôt, de ton pied mignon,
Tu t'élances de ta chambrette.
Alors je te vois accourir
A mon cabinet de lecture,

Cette halle où, pour se nourrir,
On a tant de littérature.
De la fange qui le salit
Tu sais tirer la pure essence,
Et les ouvrages qu'on y lit
N'altèrent point ton innocence.
Sous tes cils noirs ton œil brillait
Quand, l'autre soir, ta main émue
Choisit Foudras qu'on nettoyait,
A la place d'Eugène Sue.
Tu me parus, j'en fais serment,
D'une auréole environnée.
Heureux Foudras ! en ce moment,
Pour lui tu te serais damnée !

A MADEMOISELLE X...

DU THÉATRE ***

Écoutez, s'il vous plaît, ô jeune et charmante X,
D'un pauvre soupirant la timide requête.
Du boulevard de Gand loin d'être le phénix,
Je n'ai fait jusqu'ici pas la moindre conquête
Ma vie est sans éclat, et mes jours ignorés
Se passent à rêver en mon humble chambrette.
Je n'ai de phaéton que mes souliers cirés
Lorsque je vais au bois cueillir la pâquerette.
Par le tweed aux longs pans, traînant jusqu'au talon,
Jamais je n'attirai les regards de personne.

4

J'ai de maigres faux cols. J'entre en mon pantalon.

Dans mon vaste gousset bien souvent rien ne sonne.

Les lilas de ma cour me servent de parfums;

Je laisse croître en paix dans l'Arabie Heureuse

Ceux dont tant de vivants plus d'à moitié défunts

Savent dissimuler leur pourriture affreuse.

Je vois avec mes yeux. Mon nez indépendant

N'a pu dans aucun temps sur sa crête superbe

Subir l'odieux joug du binocle impudent

Que portent, au maillot, nos ministres en herbe.

Il manque, je le sais, au poêle animal

Que m'a fait la nature et qui s'appelle bouche

Un tuyau de cinq sous, fumant tant bien que mal,

Mais qu'il faut décrocher chaque fois qu'on se mouche.

Voilà, n'est-il pas vrai, des imperfections

Qui déclassent un homme aux yeux des moins rebelles?

Aussi n'ai-je pu voir coter mes actions

Sur ce grand livre ouvert que tient le cœur des belles.

Peut-être eût il fallu me mettre plus en frais

Et ne pas seulement compter sur ma personne

Ont-elles bien, pourtant, compris leurs intérêts?

Je reste convaincu que l'affaire était bonne.

On se lasse parfois du dandy bien ganté

Qui flatte l'amour-propre et qu'on prend pour la gloire.

Eh! qu'est-il, tout au plus, dans votre intimité?
C'est un caissier, chargé d'acquitter un mémoire.
Il faut vivre, c'est vrai. Mais vit-on que de pain?
Non, car il faut à l'âme aussi sa nourriture,
Et pour l'âme, la vie et le pain quotidien,
C'est l'amour vrai partant d'une franche nature.
Voilà ce que vous offre, ô ma douce beauté!
Un cœur simple et loyal, sans roideur et sans morgue,
A vous, si vous voulez; mais, s'il est rebuté,
Que vous ne pourrez plus retrouver qu'à la *Morgue!*

II

MÉLANGES

4.

LE DÉPART

Mars 1848.

Les voyez-vous tous deux, lui, le poëte aimable,
Elle, au sourire d'ange, au charme inexprimable,
    Les voyez-vous, mes yeux ?
Oh ! regardez-les bien, regardez-les encore,
Car demain, oui, demain, quand reviendra l'aurore,
    Ils seront loin tous deux.

Les voilà qui s'en vont, les mains entrelacées,
Les yeux baignés de pleurs, les paupières baissées,
    C'est l'heure des adieux !

Dans un dernier baiser ils étreignent leur mère,
Et puis, du triste exil prenant la route amère,
        Disparaissent tous deux.

La vapeur entre nous déjà creuse un abîme.
A l'avare destin il faut payer sa dîme.
        Nous étions trop heureux !
Ils étaient tout pour nous, notre orgueil, notre joie,
Notre vie. O mon Dieu, fais que je les revoie !
        Qu'ils reviennent tous deux !

Assez d'autres, mon Dieu, te demandent sans cesse
Le faux éclat d'un nom, les honneurs, la richesse ;
        Moi je borne mes vœux.
Que de notre maison la fortune s'arrête,
Pourvu qu'à son foyer ta volonté secrète
        Les ramène tous deux !

Mais, quoi que ta sagesse ordonne et nous prépare,
Qu'elle nous réunisse, ou qu'elle nous sépare,
        Nous louerons, en tous lieux,
Ton nom qui dans les cœurs rend la douleur muette,
Et nous dirons : Mon Dieu, ta volonté soit faite !
        Comme ils disent tous deux.

A MADEMOISELLE L. M.

EN LUI OFFRANT UNE TIRELIRE, DESTINÉE A RECEVOIR LES ÉTRENNES
DES PAUVRES.

———

1ᵉʳ janvier 1849.

Sous le luxe obligé de quelque bonbonnière,
D'autres vous offriront l'hommage de leurs vœux.
Plus humble est mon présent dans ces temps de misère,
Ou, plutôt, ce présent, ce n'est qu'une prière,
    Au nom des malheureux.

C'est du vieux mendiant la timide escarcelle.
Ne pouvant faire plus, j'y mis un peu de pain;

Mais mon aumône attend l'aumône fraternelle :
Donnez, et ce beau jour, pour vous, mademoiselle,
    Aura son lendemain.

Puis, vous pourrez la tendre à vos jeunes amies,
Et glaner dans leur joie une obole de plus,
Alors qu'elles viendront, nouvellement fleuries,
Vous montrer leurs beaux fronts chargés de pierreries,
        D'ornements superflus.

Oh ! vous ferez, sans doute, une abondante quête.
Trésorière du pauvre, ange consolateur,
Disputant à l'enfer son affreuse conquête,
Vous ferez reculer l'ange de la tempête,
        L'ange exterminateur.

A vous il appartient d'apaiser la colère
De celui qui, brisant de nouveau notre orgueil,
Montra qu'il est encor le maître de la terre,
Et changea le velours en tunique de guerre,
        Puis en habits de deuil.

Sous le masque pompeux de la philanthropie,
Voyez-vous ce serpent qui souffle son venin?

Dangereux tentateur, armé de l'utopie,
Au malheureux qui croit à sa parole impie
        Il promet un Éden.

Entraînant sa victime aux banquets fratricides,
Il prononce, en mentant, le mot fraternité,
L'enivre par le feu de ses discours perfides,
Puis vient charger ses bras d'armes liberticides,
        En criant : Liberté !

Ils ont porté leurs fruits, ces préceptes de haine !
Contre l'œuvre de Dieu l'homme s'est révolté,
Et, du siècle éprouvant l'influence malsaine,
L'insensé commença de secouer la chaîne
        Qui tient l'humanité.

Mais le Christ nous l'a dit : contre les lois divines
Les efforts de l'enfer jamais ne prévaudront.
Où sont vos étendards, sanguinaires doctrines ?
Les âges curieux, en fouillant nos ruines,
        En vain les chercheront.

Les égarés de Juin remplissent nos bastilles :
Au juge à prononcer leur condamnation ;

A nous, enfants, à vous, pieuses jeunes filles,
De porter dans le sein de leurs pauvres familles
            La consolation.

Sans chercher si celui qui supplie et qui pleure
Fut criminel ou non, donnons le verre d'eau.
La raison du plus pauvre est toujours la meilleure :
C'est la moralité que nous prêche à toute heure
            Notre divin Agneau.

A MADAME F. DE L.

Il est par le monde une femme
Dont le pouvoir est surhumain ;
Rien que ses yeux mettraient en flamme
Une moitié du genre humain.

Sa bouche d'où sortent des roses
Parmi les lis s'épanouit ;
Son sourire dit tant de choses !
Son front lumineux éblouit.

Ses chants sont ceux d'une sirène ;
Elle a l'âme de Malibran.
Elle paraît... C'est une reine
Qui vient se placer à son rang.

A son début, tout fait silence,
On dirait l'ange Gabriel;
Sa voix qui grandit et s'élance
Vous ravit au septième ciel.

Tantôt c'est le lac ou l'automne,
Tantôt la prière et les pleurs
De l'orphelin qui, d'une aumône,
Attend la fin de ses douleurs.

Puis, le désert aux voix lointaines,
Le mélancolique *Aï Luli*,
Les merveilles rossiniennes,
Méhul, Gluck, Mozart, Bellini.

Ce sont eux, mais c'est elle encore.
Aussi bien, ils ne font plus qu'un.

Les fleurs que d'autres font éclore,
Elle leur donne le parfum.

Créez des trésors d'harmonie,
Sans elle et son art enchanteur,
Ces notes qu'inscrit le génie
Sont des énigmes pour le cœur.

Avec sa baguette de fée,
Elle en tire ces sons puissants
Dont la lyre du grand Orphée
Charmait les lions rugissants.

Ces petits signes que dédaigne
Un auditoire insoucieux,
Ce sont, aussitôt qu'elle daigne,
Cette muse, y jeter les yeux,

Comme des perles ignorées
Qu'un joaillier audacieux
De leur poussière aurait tirées
Pour faire un collier précieux ;

Comme des astres sans lumière
Qu'un soleil, dans le firmament,
A leur obscurité première
Viendrait arracher un moment.

Mais ma tâche commence à peine,
Et je m'aperçois à regret
Que déjà je manque d'haleine,
N'ayant qu'ébauché ce portrait.

C'est qu'il eût fallu pour la peindre
Un autre pinceau que le mien.
A sa hauteur qui peut atteindre ?
Serait-ce assez d'un Titien ?

A MADAME C. G.

—

Vous n'appelez amour que celui qui nous broie.
Ce n'est pas cet enfant qui chante et qui sourit ;
C'est un terrible dieu dont le regard flamboie
Et qui, comme à plaisir, de nos pleurs se nourrit.

Vampire impitoyable acharné sur sa proie,
Des blessures qu'il fait jamais on ne guérit.
Souffrir par lui, toujours, c'est la suprême joie
Et loin de lui toute âme ou meurt ou se flétrit.

Malheur, malheur à nous, si le Dieu nous désigne !
Mais malheur, plus encor, si notre âme est indigne,
Si par ce feu divin tout n'est pas consumé !

De ses sombres autels implacable prêtresse,
Ceux de nous qui, sans lui, disent avoir aimé
Trouvent dans vos regards la foudre vengeresse.

MELCIE

Ton cœur est le foyer du mien,
Mon âme un reflet de la tienne;
Mon esprit devine le tien,
Ta volonté devient la mienne.
Ton œil est le miroir du mien;
Ma vie est l'ombre de la tienne :
Tu le vois, je suis déjà tien;
Oh ! dis-moi, quand seras-tu mienne ?

MARIA

Oh! la charmante enfant! la belle jeune fille!
Oh! les beaux cheveux noirs! oh! les beaux yeux parlants!
Le plus pur diamant, l'étoile qui scintille,
Sembleraient sans éclats près des feux qu'éparpille
    Un seul de ses regards brûlants.

Elle est la grâce même, un type d'élégance;
On est tout enivré quand sa bouche a souri.
Elle est comme un beau lis qu'un doux zéphyr balance.
Elle a la passion, elle a la nonchalance;
    C'est une fée, une péri.

Elle passe, et les cœurs que sa trace illumine
Se sentent à l'instant éblouis et troublés.
Oh ! comme on suit de loin les plis de sa basquine
Lorsqu'elle va cueillir, de sa main blanche et fine,
　　Des marguerites dans les blés !

Et lorsque l'on entend sa voix enchanteresse !
Lorsque le bonheur veut qu'elle vous parle, à vous !
Quand c'est vous, c'est bien vous que cette voix caresse,
Comme on voudrait rester dans cette douce ivresse
　　Et l'écouter à deux genoux !

De la voir ou l'entendre, oh ! moi, je suis avide.
Des yeux ou de l'esprit je la suis tout le jour ;
Quand elle n'est pas là, je sens comme un grand vide,
Et, quand elle revient, c'est un secret fluide
　　Qui m'avertit de son retour.

Souvent je vais m'asseoir dans le creux d'un vieux chêne ;
Je me cache, on dirait un chasseur à l'affût
J'écoute ; mon cœur bat ; je retiens mon haleine.
Elle paraît : j'avance, et je n'ose qu'à peine
　　Échanger un faible salut.

Un salut, un regard, c'est là, pour ma journée,
Une riche moisson dont je sais me nourrir.
Je jouis du présent ; mon âme résignée,
Hélas ! a su trop tôt que, dans sa destinée,
Il n'était qu'aimer et souffrir.

Versailles, septembre 1855.

A MADAME N***

Cæsar, morituri te salutant.

Ensemble nous errions au milieu de la foule,
Elle prenait plaisir à voir ce flot qui roule,
    Qui roule, emportant dans ses plis
Tant de bonheurs perdus, tant d'illusions folles,
D'amours sans passion, de passions frivoles,
    Tant de promesses et d'oublis !

De moments en moments, je la voyais sourire,
Saluer quelquefois, baisser son voile et dire :
    Oh ! comme ici je me sens mieux !
Et son front rayonnait, mais d'un éclat fébrile,

Et l'on voyait flotter, dans son regard mobile,
    Toutes les flammes de ses yeux.

C'est qu'à cette âme étrange, ardente et maladive,
Il faut sans cesse, il faut un but qu'elle poursuive,
    Il faut quelque abîme à combler,
Du mouvement, du bruit, quelque chose d'extrême
Qui, puissant réactif, la sorte d'elle-même
    Et la fasse rire ou trembler !

La lutte lui sourit et le danger l'attire ;
Ce qu'elle veut alors, nul n'oserait le dire.
    On tremble à chacun de ses pas.
Mais elle, enchaînant tout au char de son caprice,
Belle d'indifférence, au bord du précipice
    Elle marche et ne tombe pas.

De son vol téméraire elle sait la limite ;
Elle sait maîtriser jusqu'au dieu qui l'agite,
    Le raille ou le dompte au besoin ;
Et, toujours forte, hélas ! d'une force fiévreuse,
Elle poursuit sans peur sa course aventureuse,
    Dont toujours le terme est plus loin.

Et le monde? oh ! le monde, attentif à la lutte,
Guette, surveille, attend le moment de sa chute,
    Spectateur avide et cruel.
Tels on vit les Nérons, ces inventeurs de crimes,
Dans le dernier soupir de leurs nobles victimes
    Chercher un plaisir sensuel.

Le monde? dans le mal il met toute sa joie,
C'est le lion du cirque en quête d'une proie :
    Il demande et veut à tout prix
De la fange ou du sang, la tombe ou le scandale ;
Il se fait un festin, féroce cannibale,
    Des malheureux qu'il a surpris.

Aux martyrs désignés lui-même il tend le piége,
Les flatte, les grandit, et, leur faisant cortége,
    Les mène à ce moment fatal
Où dans les plus grands cœurs les ténèbres affluent,
Où ceux qui vont mourir, ô César ! te saluent,
    Quand ta main donne le signal.

Mais il est une borne où son pouvoir s'arrête ;
Lorsque Dieu parle, ou bien, en son nom, le poëte,
    Le front qui pliait abattu

Se lève, pour ne plus se courber en esclave;
Quel que soit l'ennemi, désormais il le brave,
     Enveloppé de sa vertu.

En vain, profanateur de tout saint tabernacle,
Le monde, qui se voit frustré de son spectacle,
     Voudrait formuler son arrêt.
Toujours il reste un peu de la bonne semence.
Le combat commencé sans cesse recommence,
     Et, dès lors, n'offre plus d'attrait.

Dès lors, on s'en détourne, on s'en lasse, on l'oublie;
La noble et vaillante âme, en priant, se replie
     Sur ses ailes d'ange exilé,
Et, défiant encor l'arène solitaire,
Elle attend sans terreur, sous son velum austère,
     Qu'un jour son nom soit rappelé.

LA FÊTE DE L'ADORATION PERPÉTUELLE

DANS L'ÉGLISE DU PETIT VILLAGE DE ***.

Colline, et vous, pauvre hameau,
Sautez, tressaillez d'allégresse :
Pasteur au cœur plein de tendresse,
Jésus visite son troupeau.

Accourez, venez tous en foule !
Que pas un ne manque à l'appel !
Car c'est le sang d'un Dieu qui coule,
Qui coule pour nous sur l'autel.

Venez, c'est sa chair qui palpite :
La chair d'un Dieu sacrifié !
A ce banquet accourez vite,
Chacun de vous est convié.

Venez; car il attend peut-être !
Un Dieu ! Vous tremblez, n'est-ce pas ?
Enfants, ce Dieu n'est plus un maître ;
C'est un père qui tend les bras.

Et lui, qui voulut bien descendre
Du haut des cieux jusques à nous,
Gardons-nous de le faire attendre
A son sublime rendez-vous !

Et, si l'église est trop petite,
Si l'autel est sans ornement,
Qu'en nos cœurs la sainte visite
Trouve un plus digne monument !

Mais que vois-je? Un flot de lumière
Jaillit et s'échappe en tous sens.
La mousse se marie au lierre,
Le parfum des fleurs à l'encens !

Où sont les murs si dépouillés,
Petite église de village?
Partout des tapis de feuillage
De marguerites émaillés !

Des saints de pierre dans leurs niches !
Et même des tableaux de prix
Tels qu'on en voit sous les corniches
Des cathédrales de Paris!

On entre dans le sanctuaire
Par trois arceaux, symbole heureux ;
Une croix surmonte l'un d'eux ,
Touchant souvenir du Calvaire !

Mais j'entends, à droite du chœur,
S'agiter la cloche sacrée.
Silence ! voici le Seigneur
Qui du lieu saint franchit l'entrée.

Pour nous il s'est fait tout petit;
Il vient comme un roi sans couronne ;
Mais sur nous plane son esprit,
Et sa gloire à nos yeux rayonne.

Salut, gloire au plus haut des cieux,
Au Seigneur, au Dieu des armées,
Qui, sous un pain mystérieux,
S'offre à nos âmes affamées !

Comment célébrer dignement,
O mon Dieu ! vos saintes louanges,
Vous qui, dans votre firmament,
Écoutez les concerts des anges ?

Mais qu'entends-je ? Ce sont leurs voix !
Oh ! puis-je en croire mes oreilles ?
Mon cœur et mes sens à la fois
Se troublent à tant de merveilles.

L'orgue céleste a préludé,
Et, comme un torrent d'harmonie,
Sur l'auguste cérémonie
Les chants pieux ont débordé.

L'instrument puissant, mais docile,
Prend un accent passionné.
Est-ce vous, ô sainte Cécile !
Dont la main le tient enchaîné ?

Je vois, oh! ma terreur est grande,
Je vois la reine des élus;
Marie, à l'heure de l'offrande,
Est la quêteuse de Jésus.

Enfin la parole divine,
Venant couronner ce beau jour,
A nos esprits qu'elle illumine
Explique le divin amour.

O belle et pieuse journée!
Nous garderons ton souvenir.
Revenons ainsi chaque année,
Dieu reviendra pour nous bénir.

A MADEMOISELLE A. D.

QUI AVAIT BIEN VOULU ME DONNER DES FLEURS DESSINÉES PAR ELLE.

J'étais enfant; déjà vous étiez jeune fille.
Toujours ce souvenir est présent à mes yeux.
Nos parents ne formaient qu'une même famille,
Et du petit Louis vous partagiez les jeux.

Sans être belle encor, que vous étiez gentille,
Avec vos traits malins, votre rire joyeux,
Et cet œil où brillait la fierté de Castille,
Et dont le ciel flamand n'a pas éteint les feux!

Depuis, nous n'avons plus suivi les mêmes voies,
Nous n'avons plus mêlé nos peines et nos joies ;
Et mes rires, peut-être, insultaient à vos pleurs !

Mais de nos jours, enfin, la chaîne est retrouvée,
Et, pour que désormais elle soit mieux rivée,
Je vous laisse mes vers et j'emporte vos fleurs.

Bruxelles, 6 octobre 1855.

VIEILLE HISTOIRE

GÉRONTE. — Ce Léandre n'est pas ce qu'il lui faut. Il n'a pas de bien comme l'autre.

JACQUELINE. — Il a cun oncle qui est si riche, dont il est hériqué.

GÉRONTE. — Tous ces biens à venir me semblent autant de chansons. Il n'est rien tel que ce qu'on tient, et l'on court grand risque de s'abuser lorsque l'on compte sur le bien qu'un autre vous garde. La mort n'a pas toujours les oreilles ouvertes aux vœux et aux prières de messieurs les héritiers; et l'on a le temps d'avoir les dents longues lorsqu'on attend pour vivre le trépas de quelqu'un.

JACQUELINE. — Enfin, j'ai toujours ouï dire qu'en mariage, comme ailleurs, contentement passe richesse. Les pères et les mères ont cette maudite coutume de demander toujours: Qu'a-t-il? et qu'a-t-elle? Et le compère Piarre a marié sa fille Simonette au gros Thomas pour un quarquié de vaigne qu'il avait davantage que le jeune Robin, où elle avait bouté son amiquié, et v'là que la pauvre criature en est devenue jaune comme un coing et n'a point profité du tout depuis ce temps-là. C'est un bel exemple pour vous, monsieur. On n'a que son plaisir en ce monde, et j'aimerais mieux bailler à ma fille un bon mari qui li fût agriable, que toutes les rentes de la Biausse.

Le Médecin malgré lui, acte II, scène II.

ASPIRATIONS

Sachez qu'il est une âme, ouverte aux doux instincts,
    Et tendrement rêveuse,
Égarant volontiers aux espaces lointains
    Son aile aventureuse.

Dans ce monde écrasé du joug matériel,
    Elle est comme exilée :
Tel un oiseau captif qui voudrait vers le ciel
    Reprendre sa volée.

Insensible aux vains bruits que du nom de plaisirs
      Ici-bas l'on décore,
Elle porte plus haut ses éternels désirs,
      Que le rêve colore.

Ce qu'elle sait comprendre et ce qui la ravit,
      C'est ce vague murmure,
Cette voix solennelle et sainte qui surgit
      Du sein de la nature.

Elle se plaît surtout à ces grandes splendeurs
      De la voûte azurée;
Elle monte parfois jusque dans ces hauteurs
      Qu'on nomme l'Empyrée.

Alors, se retrouvant dans l'éternel séjour,
      Comme en une patrie,
Elle puise à longs traits l'espérance et l'amour,
      S'épanche, pleure et prie.

Voilà tout ce qu'elle est, cette âme : elle n'a pas
      Ces ressorts énergiques,
Ces volontés qui font les puissants d'ici-bas,
      Les âmes athlétiques.

De là son infortune. Elle ne peut lutter,
    Ne peut se faire place.
Elle cède son rang, sans jamais résister,
    A la foule qui passe.

La pauvre délaissée ! elle plane à l'écart,
    Laissant loin la cohue.
A celui qui lui jette, en passant, un regard,
    Elle reste inconnue.

Et si, lasse parfois de son isolement,
    Doucement elle appelle,
Ses sœurs n'entendent pas. Elle voit, tristement,
    Toutes s'éloigner d'elle.

Une, peut-être, un jour, enfin lui répondra.
    O joie ! ô douce fête !
Sache bien celle-là que, quand elle viendra,
    Sa sœur est toute prête.

RENCONTRE

Assis sur la rive isolée,
J'écoutais, muet et pensif,
La vague errante et désolée
Qui murmurait son chant plaintif.
Mon regard, tristement avide,
Suivait le mouvement rapide
Qui l'entraînait vers d'autres bords.
Il me semblait qu'ainsi bercée,
Douce eût été la traversée
Qui mène aux régions des morts.

Fallait-il, ô mes belles ondes !
Cédant à ce magique attrait,
Livrer à vos gorges profondes
Ma vie indigne d'un regret ?
Fallait-il, douteur inflexible,
De mon avenir illisible
Jetant les pages à tous vents,
Tenter avec vous ce voyage,
Sans emporter d'autre bagage
Que mon passé de vingt-cinq ans ?

Peut-être, enivrantes sirènes,
Allais-je, aux refrains incessants
De vos suaves cantilènes,
Perdre l'empire de mes sens.
Déjà, saisi d'un doux vertige,
Ébloui par tant de prestige,
Je me penchais plus près de vous ;
Soudain votre cristal s'agite,
Et vient déposer, dans sa fuite,
Mille perles à mes genoux.

Une barque, à l'humble sillage,
Avait suffi pour m'arracher

A cet éblouissant mirage,
Doux rêve, effroyable danger.
A son bord, je voyais sourire
Deux grands beaux yeux qui semblaient dire :
« Ami, n'espérez-vous plus rien ?
Ah ! s'il vous plaisait de me suivre,
Je vous aiderais à revivre,
Je serais votre ange gardien. »

Gracieux fleuve, ondes propices,
A qui je dois tout cet espoir,
Fermez vos obscurs précipices ;
Le ciel n'a plus son voile noir.
A présent, j'ai ma destinée,
Mon port, mon île fortunée ;
Mon front reprend son noble orgueil.
Les yeux sur ma brillante étoile,
Déjà je remets à la voile
Sur un océan sans écueil.

AMOUR

Rêvez des cheveux noirs aux sauvages reflets,
Sur un front où se joue une grâce enfantine ;
Avec cela des yeux doux comme des bluets,
Pensifs et tout empreints d'une langueur divine ;
Des traits où tout se peint comme en un pur miroir ;
Un sourire qui parle aux anges plus qu'aux hommes;
Des lèvres d'où l'on voit, comme d'un encensoir,
S'exhaler vers les cieux de mystiques aromes
C'est elle! car je l'ai toujours là devant moi :
Depuis ce jour béni qui me l'a révélée,

Lorsque j'allais manquer d'espérance et de foi,
Et que rien ne parlait à mon âme isolée,
O rives d'Épinay! pourquoi ces faibles vers,
De vos sources d'amour épuisant l'ambroisie,
Ne peuvent-ils porter au bout de l'univers
Tous les enchantements de votre poésie?
Peut-être n'avez-vous ni les ombrages frais,
Ni des grottes sans fond les imposants mystères,
Ni des roches à pic les sublimes attraits,
Ni le calme profond des plages solitaires;
Peut-être n'avez-vous dans vos étroits contours
Assez de majesté, ni même assez de grâce;
Qu'importe! Les échos d'immortelles amours
Vous ont fait résonner en traversant l'espace.
C'est assez. J'en appelle à tous les vrais amants;
Lorsque l'amour est là, nous faut-il d'autre muse?
Tous les lieux qu'il remplit ne sont-ils pas charmants?
N'ont-ils pas un reflet du *Lac* ou de *Vaucluse?*
Ne leur enviez pas leurs illustres beautés,
O rives où s'anime et résonne ma lyre!
Ils ont passé sur vous, ces souffles enchantés
Qui baisèrent le front des Laure et des Elvire.

PETIT SONNET

Petit sonnet, comment mettrai-je en toi
Toute mon âme et toute ma pensée?
A tes versets, pour un pareil emploi,
Ma muse est-elle assez bien exercée?

Ah! je le sens, trop sévère est ta loi;
Étroitement la chaîne en est tissée.
Il te faudrait plus habile que moi,
Pour, à toi seul, valoir une Odyssée.

Pour t'illustrer, tu n'as plus qu'un sixain.
Qu'un autre ici prenne ta gloire en main;
Ta part, pour moi, me semble être assez belle,

Si, sans aller au bout de l'univers,
Ton humble page obtient un regard d'elle,
Si d'un sourire elle honore tes vers.

A MES ILLUSIONS

Chères illusions, petites vierges folles,
Que se passe-t-il donc dans vos têtes frivoles?
Un horrible complot. Oh! ne me cachez rien.
Vous voulez me quitter, allez, je le sais bien.
Eh! que vous ai-je fait, méchantes que vous êtes?
Quoi! tout serait fini! nos éternelles fêtes,
Nos ris, nos jeux sans fin, tous ces enchantements,
Ces extases sans nombre et ces ravissements?
Je ne vous verrais plus, et mes regards avides
Plongeraient vainement dans les espaces vides?

Plus de ces chants d'amour, de ces divins concerts
Qui faisaient à mon âme oublier l'univers,
Et qui, lorsque du jour la tâche était finie,
La noyaient chaque soir dans des flots d'harmonie ?
Je ne jouirais plus de ces douces clartés
Que vous faisiez luire à mes yeux enchantés ?
Mon esprit, fatigué des rumeurs de la terre,
Trouverait, en rentrant, son chevet solitaire,
Et, de son triste exil pour charmer les ennuis,
N'aurait que le silence et la longueur des nuits ?
Non, je ne puis me faire à de telles idées !
De quel mauvais génie êtes-vous possédées ?
Allons, allons, rentrez, follettes, au logis.
Laissez là vos projets, dont pour vous je rougis.
Il ne réussit pas toujours d'être infidèles,
Et l'on peut y laisser quelqu'une de ses ailes.
Le siècle, voyez-vous, est sceptique et frondeur,
Il vous regardera du haut de sa grandeur :
L'intérêt veille auprès et lui fait bonne garde ;
Certe, à vous écouter, nul danger qu'il s'attarde.
Là vous vous heurterez à l'esprit d'examen ;
Peut-être il vous faudra faire bien du chemin
Avant de rencontrer et soumettre à vos charmes
Un esprit ingénu qui vous rende les armes.

Pourquoi chercher au loin ce qu'on a près de soi?
Avez-vous eu jamais à vous plaindre de moi?
C'est vous qui de mon cœur avez eu les prémices.
Depuis lors, j'obéis à vos moindres caprices.
Vous m'avez dit : « Travaille, et tu seras savant. »
Quelle parole! autant en emporte le vent.
Vous m'avez dit ensuite : « A toi, puissante tête,
La grande mission réservée au poëte. »
Aussitôt, laissant là le grec et le latin,
Je me mis à songer du soir jusqu'au matin.
Rien n'y fit; et j'en crois maintenant la Fontaine :
« Qui force son talent perd son temps et sa peine. »
Alors, vous retournant d'un geste gracieux,
Vous m'avez dit : « Suis-nous, rêveur silencieux,
Nous voulons te mener aux pieds de la plus belle.
Courage! D'où te vient cette frayeur nouvelle?
Les mystères d'amour explique qui pourra!
Tel pour plaire n'a rien, qui cependant plaira. »
Et cette fois encore, ô mes enchanteresses!
Je crus aveuglément à toutes vos promesses.
Je devins amoureux : c'était le premier pas;
Vous sûtes ce secret que je vous dis tout bas,
Et, sur vos ailes d'or emporté jusqu'aux nues,
Je vis jaillir soudain des splendeurs inconnues.

Sur la terre à présent je ne peux revenir.
Si vous m'abandonnez, que vais-je devenir ?
Oh! ne me quittez pas, car déjà le vertige
Prend mon âme, et mon sang dans mes veines se fige.
Sans vous je ne peux vivre, et je sens que je meurs
Si je n'entrevois plus vos rêves enchanteurs.

SANS ÉTAT

Napoléon n'était rien,
Le monde n'y songeait guère ;
Mais, en brave citoyen,
Il prit l'*état* militaire.
Et bientôt, chef de l'*État*,
Vainqueur, partout, à la ronde,
On vit ce simple soldat
Dans tous les *États* du monde,

Combien de jeunes dandys
Qui tout le jour se dandinent!
Sur des divans rebondis
Ils fument, dorment et dînent
Sur leur *état* de maison
D'une incroyable faconde,
Ils sont, parlez-vous raison,
Dans tous les *états* du monde.

Un goutteux désespéré,
Condamné par la clinique,
Se traîne, tout effaré,
Chez le premier empirique.
Mais le docteur apostat
Le met, en une seconde,
Pour mieux changer son *état*,
Dans tous les *états* du monde.

Il est des grâces d'*état*.
En plein chemin de Bourgogne,
S'étendait, d'un air béat,
Un sale et cynique ivrogne.
Un roulier de ses amis,
Épargnant cet être immonde,

Va mettre un monsieur bien mis
Dans tous les *états* du monde.

Un jour, le front dans la main,
Passant près d'une rivière,
Lubin songeait, en chemin,
A quoi? Je ne le sais guère.
Une jeune fille au bain,
Soulevant le sein de l'onde,
Met notre pauvre Lubin
Dans tous les *états* du monde.

On me dit : Mariez-vous,
Car l'*état* du mariage
Est un *état* des plus doux,
Lorsque l'on fait bon ménage.
Je me mets en quête ; mais
Le beau-père que je sonde
Me met, en disant : *Jamais*,
Dans tous les *états* du monde.

Il faut, pour se marier,
Quitter l'*état* de poëte,

Et, le pied dans l'étrier,
Suivre une carrière honnête.
Car une belle en *état*
D'offrir une somme ronde,
Met l'amoureux sans *état*
Dans tous les *états* du monde.

OUI

Oh! que m'apportez-vous, fraîches brises du soir?
        Faut-il que je vous croie?
Non, ne murmurez plus de ces doux mots d'espoir,
        Car j'ai peur de ma joie.

Serait-ce donc possible? Elle n'a pas dit non,
        Mais, alors, elle m'aime.
Chut! L'amour ne veut pas qu'on prononce son nom;
        C'est le mystère même.

Ah! je la vois d'ici, la gracieuse enfant,
     Au conseil de famille.
La rougeur, dont en vain son front pur se défend,
     Trahit la jeune fille.

Et quand, l'interrogeant, son père, soucieux,
     Veut qu'elle se prononce,
Elle lève sur lui l'azur de ses beaux yeux :
     C'est toute sa réponse.

Et moi, qui de sa bouche attendais mon arrêt,
     J'aime mieux ce silence.
L'aveu du sentiment qui l'agite en secret
     Aurait moins d'éloquence.

Il est donc proche enfin, ce moment désiré,
     Où, sa main dans la mienne,
Nous formerons, unis par un lien sacré,
     Deux anneaux d'une chaîne.

Oui, le Seigneur est bon! Qu'ai-je donc fait de bien,
     Que ma part est si grande?
Je sais que de cette âme il me fait le gardien,
     Pour que je la lui rende.

Merci, merci, mon Dieu ! Je suis à vos genoux,
  Ou, plutôt, nous y sommes.
Père, nous vous prions, tous deux, bénissez-nous,
  Au ciel, — devant les hommes.

NON

Maudit soit donc le jour où mes yeux l'ont connue !
Maudit l'amour ardent qui, pareil au poison,
S'est glissé ce jour-là dans mon âme ingénue,
Et pour longtemps peut-être a troublé ma raison !
Maudit aussi le rêve aux menteuses promesses !
Maudit l'espoir, maudits les doux pressentiments,
Les chastes visions, et les saintes ivresses,
D'un bonheur entrevu divins rayonnements !
Enfant, j'avais songé. C'était un bien beau songe !
A vos jeunes chevets s'il en vient un pareil,

N'y croyez pas, enfants, car c'est croire au mensonge :
Il n'en reste plus rien à l'heure du réveil.
Moi, je croyais à tout, aux brises caressantes,
A tous ces chants venus des célestes concerts,
Aux soupirs éternels des feuilles frémissantes,
Au murmure de l'onde, aux bruits vagues des airs.
Tout me disait : Sois calme, espère, vis sans crainte;
La brise : J'ai, pour toi, pris son souffle embaumé;
Le nuage : En passant, j'ai murmuré ta plainte;
L'ondine : Suivons-la, viens, tu seras aimé.
Et j'écoutais ces voix, et je me sentais vivre.
O rêverie! ô charme! ô mirage inouï!
Follets qui m'appeliez, j'essayais de vous suivre ;
Vous avez disparu, me laissant ébloui.
Et c'est en vain aussi que vers vous je m'élance,
Horizons incertains qui me fuyez toujours ;
Tout a cessé : déjà la nuit et le silence
S'étendent, froids linceuls, sur chacun de mes jours.
Ah! que ces derniers chants d'une âme qui succombe
Jettent du moins le trouble en sa sécurité,
Et, comme une rumeur qui viendrait de la tombe,
Mêlent à ses plaisirs leur importunité!

DEUX MOIS APRÈS

———

Vous avez repoussé l'étudiant allemand,
Le rêveur nébuleux, le poëte, l'artiste :
Il s'en fallait, je crois, de cinq cents francs par an,
Et vous allez, dit-on, épouser un dentiste.

Ah! vous avez raison, jeune fille aux doux yeux.
Que faire, tout le jour, d'un grand visage sombre,
Qui ne sait rien qu'aimer, comme l'on aime aux cieux,
Et qui s'attacherait à vos pas comme une ombre,

Et qui vous ennuierait et qui ne dirait rien,
Qui se contenterait d'admirer en silence,
Qui serait toujours là, comme un ange gardien,
Avec même air béat et même vigilance?

Et comment supporter sans un spasme profond
Le long imbroglio des tendres élégies,
Les soupirs ténébreux, les regards au plafond,
De la langue d'amour vieilles néologies?

Comment s'enterrer vive en ce linceul vivant,
Ne plus s'appartenir, aliéner sa jeunesse?
Autant vaudrait, alors, au fond d'un vieux couvent,
Pour mourir tout à fait se faire chanoinesse.

Serait-ce donc pour rien que, fille d'un démon,
Dans sa Chaussée-d'Antin, Paris, la grande ville,
Vous a pétrie avec un peu de ce limon
Qui bitume le cœur de ses femmes d'argile?

Pourvu qu'on ait, le jour, deux cachemires longs,
Le soir, des diamants pour ses épaules nues,

Et qu'on soit la plus belle, et que dans les salons
On éclipse à son tour les beautés reconnues;

Que deux chevaux pur sang vous emportent au bois
Dans le coupé fringant, le *stanhope*, ou la chaise,
Où, sous le tigre noir, la panthère havanaise,
Tout le corps se blottit, comme un margrave hongrois,

Oh! qu'importe le reste? Et si la chirurgie
Peut de tous vos désirs vous payer l'entretien,
Qu'importe les deux bras où l'on se réfugie?
Qu'importe le dentiste ou le chirurgien?

La perle qui se mire en vos tresses moirées
Est ronde, transparente, et de la plus belle eau;
Qu'importe qu'on l'ait prise au cœur d'un cachalot,
Ou dans les profondeurs des bouches massacrées?

Pour moi, je me ferai, madame, un vrai plaisir
D'apporter mon tribut. J'ai des dents de molosse,
Oh! d'admirables dents. Vous aurez à choisir :
Je vous en donne trois pour mon cadeau de noce.

Je demande en retour, ce n'est pas trop, je crois,
A contempler, au bal, sur votre cou d'ivoire,
La parure du jour et la trace des doigts
Qui m'auront, le matin, labouré la mâchoire.

ERRATUM

Vous êtes libre encore, et l'on m'avait trompé !
Mais libre pour un autre et pour moi bien perdue.
Votre nom de mes pleurs ne sera plus trempé,
Car la coupe était pleine, et je l'ai répandue.

AU LECTEUR

Lecteur minutieux qui veux la clef de tout,
M'interrompant, sans doute, à cet endroit du livre,
Tu vas me demander, critique de bon goût,
Si mes amours sont vrais, pourquoi je te les livre?

Demande donc pourquoi le joueur qui s'enivre
Se dessaisit enfin de son dernier atout,
Pourquoi, de son sommeil s'éveillant tout à coup,
On voit le suicidé s'essayer à revivre?

A les porter soi seul, certains fardeaux sont lourds,
Et puis, au fond du cœur quand l'espérance est morte,
Comme on ne peut garder de pareilles amours,

Méprisant fossoyeur, l'oubli vous les emporte,
A moins qu'on n'aime mieux les clouer à sa porte,
Ou les livrer soi-même aux serres des vautours.

IV

ÉPILOGUE

ÉPILOGUE

———

Dulce et decorum est...

J'ai beau vingt et vingt fois remettre sur l'enclume
Le vers, métal rétif, qui se tord et qui fume ;
J'ai beau, toutes les nuits, me creuser le cerveau
Pour, avec de l'ancien, refaire du nouveau ;
C'est en vain qu'on me voit, Homère ridicule,
Comme Achille enfermé, travailler comme Hercule,
Et souvent, sur un mot condamné par Latour[1],
Pour pouvoir le garder, raboter tout un jour ;

[1] Les lettres françaises comptent plusieurs notabilités de ce
nom. Il s'agit ici de mon cher beau-frère Antoine de Latour,

Sans pitié pour moi-même, en ma veille assidue,
Je prépare son lit à la rime attendue ;
Pour qu'il n'y manque rien, je mets, suivant les cas,
Une pensée ou deux sous ses pieds délicats ;
Quand de sa chrysalide elle sort frissonnante,
Mon vers, qui la reçoit, l'étreint comme une amante,
Et ma main, pour lui faire un riche justaucorps,
D'un Landais complaisant épuise les trésors.
Ciseleur de l'idée, amoureux de la forme,
Il me faut ma statue avant que je m'endorme ;
Alors, c'est Galatée, et moi Pygmalion ;
Alors, c'est Osiris, et moi Champollion.
J'en rêve, et, le matin, courant comme un homme ivre,
Je m'en vais sur les toits crier : J'ai fait un livre !

. . . .

Vanité ! vanité ! j'ai beau crier, Paris,
A son petit lever, entend bien d'autres cris.
A ce sultan blasé chaque matin apporte
Les crimes de la nuit, faufilés sous sa porte ;
A peine entr'ouvre-t-il un œil appesanti,
Il lui faut de forfaits un repas assorti.

poëte plein de grâce et de sentiment, dont je voudrais pouvoir
consulter, à une distance de moins de cinq cents lieues, le goût
sévère et délicat.

De son moelleux duvet, il flaire l'homicide,
Tourne avec volupté la feuille encore humide,
Y cherche avidement le honteux péculat,
Le viol ténébreux, le bas assassinat,
Le désastre géant, le fumant incendie,
De l'échafaud dressé l'horrible tragédie ;
Et, bâillant là-dessus, en prenant son café,
Regrette la torture et les auto-da-fé.

Voilà la poésie et la littérature
Dont son goût dépravé chaque jour se sature.
Auprès d'un tel piment, tout est fade et banal :
Il faut, pour être lu, hurler dans un journal;
Pour le plus grand génie, il n'est pas d'autre issue ;
Toute œuvre meurt, à moins qu'elle n'y soit reçue.
Telle est la loi du temps; si Voltaire existait,
Il lui faudrait signer auprès de Belmontet.
Aussi, quand, tout chargé de mon propre bagage,
Je vais, pour m'éditer, mettre ma montre en gage,
En me voyant passer, le teint hâve et l'œil creux,
Les cheveux en désordre et l'aspect malheureux,
Tout le monde se dit, dans sa pitié muette :
C'est un saute-ruisseaux, ou bien : C'est un poëte !

Et c'est là tout le fruit de mon travail obscur,
Et je trouve, en rentrant, à manger mon pain dur[1];
Et, tout désespéré de cette vie austère,
Je jure de me faire épicier ou *notaire!*

Ah bien, relevons-nous! Par un sentier fatal,
Dussé-je aller un jour mourir à l'hôpital,
Je veux faire, en dépit de ma fortune ingrate,
Avec plus de raison, plus de bruit qu'Érostrate.
A mon siècle ahuri, je veux, donnant l'éveil,
Le forcer de me faire une place au soleil;
Et, pour couronner l'œuvre, en mes desseins tenace,
Tenter de conquérir un fauteuil au Parnasse.
Eh quoi! j'aurais passé, sur des bancs odieux,
Dix ans à commenter le langage des dieux!
J'aurais, pendant dix ans, mêlé, sous la férule,
Mes pleurs à ceux d'Énée et de son fils Iule!
Je me serais nourri d'un Horace expurgé!
De grec et de latin je me serais gorgé!
Et tout cela, pourquoi? pour vivre terre à terre;

[1] Hyperbole un peu vive, mais nécessaire au mouvement et à l'esprit général du morceau. Je veux seulement ici rassurer les âmes sensibles et les empêcher de jeter leur pitié au vent.

Devenir aspirant dans quelque ministère ;
Me courber tout le jour sur un méchant bureau ;
Faire le pied de grue aux portes du barreau ;
Au greffe de Verrier grimper comme un chat maigre ;
Chez Glandaz ou Guérin, travailler comme un nègre ;
Ou mieux, grâce à l'appui d'un protecteur puissant,
Donner à l'industrie et ma chair et mon sang,
Et vivre des fétus dont ces hautains burgraves
Font, après la moisson, largesse à leurs esclaves?

Ah ! que Baal triomphe et relève Israël !
Qu'un moderne Magog reconstruise Babel !
Que Gobseck, Nucingen, toute la juiverie,
Se fassent des ponts d'or pour gagner la pairie !
Moi je suis trop peu juif et trop athénien,
Pour t'offrir mon encens, veau californien !
Au culte de l'esprit je resterai fidèle ;
Je sais ce que je dois à mon âme immortelle.
Ma pensée, en son vol, s'élève aux plus hauts lieux ;
Mon regard se complaît à mesurer les cieux.
De la gloire, au besoin, l'immortelle fumée
Suffirait à nourrir ma poitrine affamée ;
Et, tandis que, courbé sous le joug de l'argent,

Le siècle sacrifie à ce maître exigeant,

Je saurai m'affranchir de cette servitude,

Et, : e réfugiant dans le sein de l'étude,

Montrerai que l'argent ne fait pas le bonheur,

Et que l'on peut encor travailler pour l'honneur.

FI

TABLE

III. — VIEILLE HISTOIRE.

IV. — ÉPILOGUE.

FIN DE LA TABLE.